A todos los búhos: grandes, pequeños o huevos.
Para ti, con amor – DG

Para Edward e Isobel – AB

© 2017, Editorial Corimbo por la edición en español
Av. Pla del Vent 56, 08970 Sant Joan Despí (Barcelona)
corimbo@corimbo.es
www.corimbo.es

Traducción al español: María Lucchetti
1ª edición abril 2017

Copyrigth del texto © Debi Gliori 2016
Copyrigth de las ilustraciones © Alison Brown 2016

Esta traducción de "Little Owl's Egg" está publicada por Editorial Corimbo
por acuerdo con Bloomsbury Publishing Plc.

*Impreso en China*

Depósito legal: B.23133-2016
ISBN: 978-84-8470-555-0

# El huevo del Pequeño Búho

Debi Gliori

Alison Brown

corimbo

Mamá Búho
tiene una gran noticia.
Ha puesto un bonito huevo.

"¿Sabes una cosa?", dice Mamá Búho.
"Vamos a tener un bebé búho."

"NO", dice el Pequeño Búho.

"¡NO,

NO

y NO!"

"¿No?", dice Mamá.

"NO", repite el Pequeño Búho.
"Yo soy tu bebé búho.
No necesitas otro."

Mamá Búho niega con la cabeza.
"Qué boba soy", dice. "Tienes razón.
Además, este huevo está demasiado quietecito
para ser un bebé búho . . .

. . . tal vez sea un bebé gusano.

Son tan tranquilos y piden tan poco.

Únicamente un cuenco de tierra de vez en cuando . . .

¿No sería maravilloso?"

Un gusano pegajoso, no.

Aaaaaaaaa*jjj*."

Mamá Búho sonríe.

"No", dice. "Tienes razón,
no es nada **pegajoso**.
Tal vez sea un falso huevo.
Un huevo de **chocolate**. . .

. . . **sería** estupendo, ¿verdad?"

**"No"**, suspira el Pequeño Búho.
"Los huevos de **chocolate**
no son divertidos.
No saben jugar.
Y si los abrazas se derriten."

Mamá Búho toca el huevo.

"Tienes razón, Pequeño Búho. Este huevo
está demasiado frío para ser de chocolate.
Pobre huevo. Tócalo, está helado.

Tal vez tengamos un bebé
pingüino.
Vaya, será mejor que consigamos
un poco de pescado para darle
de cenar."

"¡NO!",

exclama el Pequeño Búho.

"Un ping

Mamá Búho acaricia el huevo.

"Qué madre tan boba, los huevos de pingüino están calientes.

Los fríos son los huevos de cocodrilo.

Claro, vamos a tener un bebé cocodrilo.

Me pregunto qué comerán."

El Pequeño Búho abre los ojos como platos.

"N–n–n–no", se queja, "un cocodrilo, no."

"No, probablemente no", dice Mamá.
"Además, es un **huevo enorme**.
Demasiado grande
para ser un **cocodrilo**.
Tal vez sea un . . ."

"¡ELEFANTE!",

grita entusiasmado el Pequeño Búho.

"Sería fantástico. Podríamos jugar a guerras de agua . . ."

"No", dice Mamá.
"¡NO, NO y NO! Piensa
en nuestro nido.
Sería desastroso."

"No, tienes razón", dice el Pequeño Búho.
"Además, los **elefantes** no vuelan.
Pero los **dragones**, sí. Oooh.
Ojalá sea un **huevo de dragón**."

"Dios nos libre",
exclama Mamá.
"¡NO, NO y NO!"

"Pero es que es un huevo
magnífico", dice el Pequeño Búho.
"Tiene que contener
algo muy especial . . .

Tal vez sea un bebé de

# princesa dragobúho chocofanta pingusano acocodrilada.

Humm. He oído que comen cosas muy raras.
Polvo de judías de ochenta patas,
tubérculos verdes viscosos reblandecidos . . ."

"Ups, suena horrible",
protesta Mamá.

"¿Sabes una cosa?", continúa el Pequeño Búho, "otro buhito como yo sería mucho más divertido que un bebé de princesa dragobúho chocofanta pingusano acocodrilada.

"Desde luego", contesta Mamá. "Preferiría un bebé búho a cualquier otro bebé."

El Pequeño Búho rodea el huevo con las alas
y lo abraza. Dentro suena el latido regular de un corazoncito.

Tum-tum

Tum-tum

Tum-tum

"¿Cuándo estará listo nuestro huevo?",
pregunta el Pequeño Búho.

"Pronto", responde Mamá.

"Si es un Pequeño Búho, entonces yo seré
un Búho Mayor", dice el Pequeño Búho.

"Pues claro", dice Mamá. "Serás
mi Búho Mayor, y te querré siempre."

"¿Siempre?",
dice el Pequeño Búho.

"Siempre", dice Mamá.